용은 빛을 나른다.
거리에서 하늘로
하늘에서 거리로
새하얀 빛의 구슬을 나른다.

조심조심
소중하고 신중하게——

안녕, 또 보자

나카시마 미즈키 · 글

TOMOYAARTS · 그림

병원 옥상에는
작은 숲이 있다.

4

바람이 불면
살랑살랑 잎이 흔들리는 소리,

숨을 깊게 들이쉬면
폭신폭신 풀 내음이 감싸든다.

진짜 숲을 꼭 닮은 작은 숲.
내가 좋아하는 장소.

오늘 단짝인 지우가 퇴원했다.
모두 웃으며 배웅했지만
나는 '안녕'이라고 말하지 않았다.

하나 둘 셋······.
점점 파랑이 짙어지는 하늘에
종이 비행기를 날린다.
지우가 좋아하는 노란 종이 비행기.
멀리 날아가도록
새의 날개 모양을 닮은 종이 비행기.

9

그때,
바스락거리는 소리와 함께
난생 처음 보는
긴 꼬리가 나타났다.

깜짝 놀라 올려다보니,
나뭇잎 사이로 빼꼼히 내민
어린 용의 얼굴이 보였다.

"너 내가 보여?"
어린 용이 긴 목을 부드럽게 움직여 다가왔다.
늦여름인데도 어린 용에게서는 봄내음이 풍겼다.

용이 새하얀 몸을 떨치자
형형색색의 꽃잎이 사방에 흩날렸다.

그 후로 날마다 해질 무렵이면
어린 용은 옥상의 숲으로 찾아왔다.

"바다 위를 날아왔어"라는 날은
덥수룩한 몸에서
희미한 바다 냄새가 묻어났다.

"초원 위를 날아왔어"라는 날은
덥수룩한 몸에서
은은한 풀 내음이 풍겼다.

하지만 대부분은
어린 용의 몸에서는 비 냄새가 났다.
항상 구름 위를 날기 때문이다.

어린 용은 똑똑했다.
지구 주위를 빙글빙글 돌기 때문에
세상의 온갖 일을 다 알고 있다.

나는 어린 용이 해주는 이야기를 들으며
지우를 떠올렸다.
어른이 되고 건강해지면,
함께 세계일주 하자던 약속을.

하지만 지우는 이제 없다.
퇴원하고 얼마 지나지 않아
천국에 가 버렸기 때문에…….

나는 문득 생각했다.
어린 용은 똑똑하니까
알고 있을지도 몰라.

내내 궁금했지만,
아무도 가르쳐주지 않았다.
무서워서 물어보지 못했다.

어린 용이라면,
반드시 진실을 알려줄 것이다.

——저기, 사람이 죽으면 어떻게 되는 거야?
어디로 가는 거야?

"빛이 되어서 하늘로 올라가.
그 빛을 나르는 게 내가 하는 일이지."
어린 용이 뽐내듯 대답했다.

"빛을 보러 갈래?"
어린 용이 내 얼굴을 들여다본다.
"그럼 빛이랑…… 만날 수 있어?"

어린 용의 등에 꼭 매달린다.
떨어지지 않도록, 꼬옥.

옥상의 숲이 점점 멀어진다.
거리의 불빛도 점점 작아진다.

하늘 위는 서늘하고
바람 소리 밖에 들리지 않는다.

구름을 헤치고,
좀 더, 좀 더 위로 올라가면……

그곳은 마치 빛의 바다.

따뜻하고 부드러운
색색의 빛이 가득했다.

정신을 차리니 어디에선가
작은 빛 하나가 스윽 다가왔다.
내 바로 옆에 바싹 붙어 날고 있다.

"지우야!"
나는 무심코 소리쳤다.
저건 분명 지우의 빛이야.

나는 빛을 향해 살짝 손을 내밀었다.
"안녕이라고 말하지 못해서 미안해.
계속 보고 싶었어."
내 목소리에 빛이,
한층 더 하얗게 반짝였다.

"보고 싶었어. 많이 좋아했어. 즐거웠어."
그리운 지우의 목소리가 들렸다.
마주잡은 손 너머로 지우의 웃는 얼굴이 보였다.

활달했던 지우.

크림빵을 좋아하던 지우.

지우와 나는 항상 함께였다……

말로 표현할 수 없을만큼 기뻐서
흐르는 눈물이 멈추지 않았다.

49

나는 지우에게 말했다.
말하지 못한 한 마디,
계속 말하고 싶었던 한 마디를.

"안녕, 지우야. 잊지 않을게."

"우리 다시 만날 수 있을 거야. 안녕, 또 만나자."
지우의 빛이 마치 웃는 듯 부드러운 색을 떠었다.

가슴 속 깊은 곳이 아련하게 따뜻해졌다.
이제 외롭지 않고 무섭지도 않다.
나는 아주 조금 뭔가를 알게 된 것 같았다.

──언젠가 다시 만날 수 있어.
　분명히 그럴 거야.
　그날까지 나는, 나를 소중히 여기며 살 거야.

옥상의 숲으로 돌아온 나는
어린 용의 몸이 점점 투명해지는 것을 깨달았다.
"네가 어른이 되면, 더 이상 나를 볼 수 없을 거야."
어린 용이 조금 아쉬워하며 말했다.

어린 용의 목에 팔을 두르고
이마에 얼굴을 맞대었다.
엄마가 병실을 떠나 집으로 돌아갈 때
항상 해주는 '안녕'의 신호.

이번에는,
소리내어 제대로 말한다.

──안녕, 또 보자.

빛이 넘쳐나는 밝은 세상으로

용은 빛을 나른다.
하늘에서 거리로, 여러 거리로
새하얀 새 생명을 나른다.

조심조심
소중하고 신중하게———

기다리는 사람에게로——

안녕, 또 보자

저자소개

글 / 나카시마 미즈키

오사카 거주. 오행가인(伍行歌人). 시인.
고베약과대학 졸업. 제약회사 근무를 거쳐 메디컬 카피라이터로 활동. 심리 치료를 주제로 한 의료 분야 광고를 주로 다루었다.
저서로는 『'괜찮아'의 책』 『그래서 부드럽게, 하늘이 말한다』(PHP 출판사) 등. 그림책은 이번이 첫 작품.
http://www.tcct.zaq.ne.jp/hare/

그림 / TOMOYAARTS (츠루타 토모야)

나가노 현 나가노 시 거주.
'부드러움, 편안함, 따뜻함'이 테마. 어린 시절을 보낸 나가노 현의 풍경에 환상을 더한 판타지 세계를 만들어낸다.
현재는 백화점에서 원화전, 그림책 제작, 이벤트, 라이브 페인트 등 전국 각지에서 활동 영역을 넓히고 있다.
http://www.tomoyaarts.com/

초판 1쇄 2014년 12월 10일

글 나카시마 미즈키 | **그림** TOMOYAARTS (츠루타 토모야)
번역 종이나무 | **감수** 임예슬
발행인 김렴하 | **마케팅** 박창석 | **디자이너** 정진혁

펴낸곳 ㈜이미지앤노블 | **주소** 경기도 파주시 교하읍 문발리 535-7 세종출판벤처타운 B05호
구입문의 031-955-1057~8 | **내용문의** 031-955-1057~8 | **팩스** 031-955-1059
SNS http://fb.com/inobook.kr | **등록** 제406-2010-000058호

ISBN 978-89-6797-036-9

이 도서의 국립중앙도서관 출판시도서목록(CIP)은 서지정보유통지원시스템 홈페이지(http://seoji.nl.go.kr)와 국가자료공동목록시스템(http://www.nl.go.kr/kolisnet)에서 이용하실 수 있습니다.
(CIP제어번호: CIP2014035445)

SAYONARA, MATANE
Text Copyright © 2011 by Mizuki NAKAJIMA
Illustrations Copyright © 2011 by TOMOYAARTS
First published in Japan in 2011 by PHP Institute, Inc.
Korean translation rights arranged with PHP Institute, Inc.
through Japan Foreign-Rights Centre/ Shinwon Agency Co.